KB252772

언어유희

言語遊戱

언어유희
言語遊戱

도한호 시집

새미

시인의 말

앞서 펴낸 「감격시대」(종로서적)와 「나무를 심으며」(시와 정신)에 "신앙시집" 및 "신앙시선"이라는 부제를 붙인 것은 그것이 나의 기독교적 신앙을 직접적인 언어로 표현한 시집이라는 것을 독자에게 알리기 위해서였다.

이번에 펴내는 시집은, (1) 우주와 천체에 대한 나의 상상과 꿈, (2) 언어와 삶의 이치에 대한 풍자, (3) 1960년대 말부터 십여 년 동안 수유리 백운대 아래 장미원에 살면서 유일하게 남긴 열편의 연작시 및 (4) 교직에 종사한 기간 동안 쓴 단편적 시이다.

이 중 "우주여행", "요즈음의 시", "자살 연습", "눈물" 등 몇 편은 이미 다른 시집에 게재했던 것들이다. 내 시가 독자들에게 널리 읽혀지지 못한 것을 생각하면 앞선 시집에 게재했던 것을 다시 게재하는 것에 대해 거리낌이 없다.

앞서 발표했던 시를 조금씩 수정해서 다시 게재하는 것은 부족했던 부분을 보완하는 것으로 생각해주기 바란다. 다른 면에서 그것은 내 시에 대한 반성이기도 하다.

이 책을 상재하기까지 도와주신 국학자료원 정찬용 원장님과 평을 써주신 유성호 선생님(평론)과 여러분께 감사드린다.

2013년 여름
노은 서재에서
저자

차 례

시인의 말

제1부 / **별에 대하여**

좀생이 별 015

나의 별 017

우주여행 019

아기별에게 022

별나라 아기 023

제2부 / **언어에 대하여**

언어유희 027

요즈음의 시 029

품사전성品詞轉成 031

찬물에 대하여 032

모국어母國語 034

유배지에서의 토요일 저녁 식사 035

달맞이꽃 037

풀꽃의 이름 038

딸기 039

라틴 명사들에게 041

지문紙文에서 043

숫자 전용轉用 045

문자도치文字倒置 047

"생생하게" 문제 049

샬롬샬롬 051

인터뷰 052

제3부 / 수유리 시편

수유리 시편 · 1 난을 심으며 057

수유리 시편 · 2 줄 난에 대하여 059

수유리 시편 · 3 日記 060

수유리 시편 · 4 키츠를 읽는 날 062

수유리 시편 · 5 봄을 기다리며 064

수유리 시편 · 6 군자란이 필 무렵 065

수유리 시편 · 7 한가한 여름 067

수유리 시편 · 8 줄 난에 대하여 068

수유리 시편 · 9 4 · 19탑을 찾아서 069

수유리 시편 · 10 수유리를 떠나며 071

제4부 / 수유리 이후

춘검春檢 075

입춘立春 076

꽃샘바람 077

칠월에는 078

추분秋分을 지나며 079

십이 월 080

여행 081

디트로이트로 가는 아이 083

바다의 죽음 086

한빛에게 주는 시 089

봄 날 091

새에게 092

단감을 따며 093

저녁 095

장마 096

태풍 097

남은 하루 098

휴일 099

생사문제生死問題 100

늦더위 101

자전거 102

투사鬪士 103

자서전 104

우수雨水 106

천사 107

고향 108

크리스마스트리 109

봉선화 110

무위자연無爲自然 111

산비둘기 112

나이팅게일에게 113

구절초 115

가려움증 116

지는 해 117

새해 118

오리 119

깨달음 121

자살 연습 122

눈물 123

나의 길 125

해설 /

우주와 언어와 삶에 대한 서정적 탐구
도한호의 시세계 127

제1부

별에 대하여

좀생이 별

장수바우 마을에 살던 초등학교 2학년 시절, 유난히 별이 총총한 어느 봄날 저녁, 할머니께서 나를 마당가에 세우고, "한호야, 저기 저모숭이별 보이제" 하시면서 한 무리의 희끄무레한 성단星團을 가리키셨다. 할머니는 이맘때 저모숭이 별무리와 달이 일직선으로 늘어서면 그 해에는 풍년이 든다고 하셨다.

할머니는 그날 밤 "아까시별"도 가리키셨는데, 생각하건대 그것은 카시오페아를 그렇게 발음하신 것 같다.

저모숭이별은 황소자리별로 더 잘 알려진 목우성牧牛星, 곧 "플레이아데스"인데, 그 별을 보고 점을 친다고 해서 "점성"占星이라 하였고, 점성을 "좀생이"로 발음했고, 할머니는 좀생이를 "저모숭이"라고 발음 하셨던 것 같다. 또한 구약성경에는 "묘성"으로 기록되기도 했다.*:

____

* 욥기 9장 10절 "하나님께서 북두성과 삼성과 묘성을 [만드셨으며]"

만세력에 의하면 그 때가 1947년 정해년丁亥年 2월 26
일 수요일, 음력으로는 2월 초엿새 병자일丙子日이다.

밤하늘을 바라볼 때마다 기억을 더듬어 장수바우 마을
과 옛 동무들을 마음에 그리며 저모숭이 별을 찾았고, 때
로는 나의 전생이 카시오페아와 관련이 있을 것이라고 상
상 했다.

오늘밤은 별들이 엷은 구름에 가려졌다.

나의 별

1

점성占星과 아까시별 이야기를 들은 후로부터 나는 내가 카시오페아나 혹은 카시오페아가 속한 은하계의 어떤 성단星團에서 지구로 왔다고 생각하기 시작했다.

카시오페아는 언제인가 내가 돌아갈 본향이며 거기에는 나의 집과 본래의 가족이 있을 것이다. 나는 괴로운 일이 있을 때마다 밤하늘을 쳐다보며 마음을 달랬다.

지구에서 수억 광년 떨어진 은하계의 시간은 혹성 지구의 시간과는 달라서 지구에서의 60년 또는 100년이 그곳에서는 불과 일 이분이나 길어야 두어 시간에 불과할 것이다.

그렇다면 내가 지구에서 한 100년을 살다가 돌아간다 해도 그곳에서는 기껏해야 한 두 시간 경과했을 것이므로 그곳의 아내가 나를 맞으며 오늘은 좀 늦었어요, 하는 정도일 것이다.

2

유난히도 별빛이 찬란한 3월의 포근한 봄 밤
관재, 종걸이, 지연이, 영미, 미리암과 함께
목동 언덕 돌 축대에 앉아 밤하늘을 바라보다가

동산을 내려와 불 꺼진 중앙국민학교를 지나 옛 원호처 앞 골목으로 접어들어 혹성의 내 집 초인종을 눌렀다. 아내가 현관문을 열고나오며 오늘이 혜주 생일인 것 잊었어요, 저녁도 안 먹고 두 시간이나 기다렸잖아요, 한다.

나는 손가방을 아내에게 맡기고 뜰에 나가, 아는 듯 모르는 듯 말없이 깜박이는 나의 별을 바라본다.

우주여행

먼 여행에 지치고 추운 겨울 밤
커피숍 화성의 육중한 문을 밀고
안으로 들어서면, 스탠드 의자에는
여러 별에서 온 방랑자들이 죽 앉아 있다
그들은 고된 하루의 여독을 담소로 풀며
하루분의 기쁨과 슬픔, 또는 갈등과 실패를
한 잔의 커피나 칵테일에 섞어 마시면서
전장에서 막 돌아온 병사들처럼 짧은 시간에
하루 동안 경험한 일들을 다 말하려고 한다.
한 두 잔의 칵테일로 얼굴에는 홍조가 뜨고
별로 즐거운 일도 없는 하루였는데도
시간이 흐를수록 분위기는 한껏 고조되고
여행자의 수도 점점 많아진다. 그들은

지구 시간으로 오늘 아침에 명왕성을 떠나
해왕성에 잠시 착륙해서 그 곳 해성토 위에

새로 선 간이식당에서 가벼운 점심을 들고
예기치 못한 인력에 끌려
천왕성을 빗겨 지나치기도 했으나
토성에 이르러서는 별을 두르고 있는
오색구름 띠 위에 잠시 머물며
신비로운 섬광에 묻힌 금성과
만년설에 덮인 수성의 위용을 보며
흘러간 지구의 노래를 부르기도 했다
목성에 내리는 유성비流星雨를 보며
해왕성에 두고 온 갑옷과
명왕성에 남겨둔 가족의 안부를 염려하다가
잠시 괘도를 벗어난 친구들도 있었으나
늦은 저녁에는 모두들 화성의 현무암
노둣돌 위에 무사히 착륙해서
이제 안도의 숨을 쉬는 것이다. 그러나

문 밖에는 이방의 도시가 낯선 불빛 속에
번쩍거리고, 가까운 지구에는, 우리의 또
다른 가족들과 항상 조금 모자라거나 약간
지루한 지구의 시간 속에 남아 있는
내일이란 이름의 여정旅程이
우리를 기다리고 있다
나는 또 하나의 여행을 위해
무거운 두 다리를 세우고
오늘과 내일 사이의 완충지대를
힘겹게 걸어 나간다. 어느새 나는
다시, 어제와 꼭 같은 내일 앞에 서 있다

아기별에게

최근에 우리 천문학자들이
지구로부터 600광년 떨어진
가스 덩어리에서 어두운
아기별 하나를 발견 했다

별은 원래 빛이 없으므로
이 별 저 별에서 잔 빛을 모아
제 것인 양 밤하늘에 뿌려대어서
자신의 존재를 알린다.

최근의 아기별아,
큰 별과 마주 서서 빛을 받아서
비켜서서 그 빛을 허공에 내던져라
그래야 살벌한 전쟁터에서
살아남을 수 있으리라

별나라 아기

서울에서 대전으로 오는 기차에서
제 어머니 손을 잡고 통로를 지나가던
한 건강하고 귀여운 사내아이가
제 엄마가 잠시 한눈을 파는 사이에
내 자리로 와서 내게 아빠아빠 한다.
요 녀석, 대체 어느 별나라에서 왔기에.

그에게는 남자는 다 아빠로 보이고
여자는 모두 엄마로 보이리라.
차창 밖으로는 유월의 푸름이 더하고
초저녁 하늘에는 이른 별이 떠있다.
오늘 밤 은하수를 수놓을 별무리
중에는 정말 그런 나라도 있으리.

제2부

언어에 대하여

언어유희

사려 깊은, 훌륭한, 멋진, 형용사들은
대게 너무 멀리 떨어져 있어서
제 때에 명사를 수식해주지 못하고
그 곁에는 이, 그, 저, 지시대명사들이
기회를 엿보고 있다가 함부로 명사를
부리려하거나, 전혀, 아주, 젠장, 부사나
아니, 저런, 허 참, 사이비 감탄사들이
떼를 지어 모여 있어서, 아침저녁으로
명사의 심기를 불편하게 한다. 잠시
동사가 외출이라도 하는 날에는
잘난 대명사는 영락없이, 만만한
부사 몇을 데리고 나타나서
명사의 목을 조르려한다
명사는 아예 정든 품사를 떠나
아이누 방언方言이나, 노암 촘스키의
변형생성문법 속으로 들어가 버리거나

혹은, 행간行間에 은신하면서
타작마당에 콩깍지 튀듯 까부는
언어유희를 관망이나 하려해도
동사가 없이는 몸을 움직일 수가 없다
그러니, 이래저래 알량한 명사로 남아서
사려 없는, 저만 아는, 무능한
형용사들에게 둘러싸여 있다가
도리깨로 정수리를 얻어맞기라도
하는 날에는, 그것들과 함께
무한천공으로 곤두박질하는 수밖에...
그 밖에는 달리 도리가 없어 보인다

요즈음의 시

요즈음의 내 시는 너무 많은
은유로 인해 낱말이 거칠어졌다
행과 행은 균형을 잃고
연과 연은 순서가 바뀌고
품사들도 자리가 뒤바뀌었다. 소외된
형용사들이 일어나서 명사의 목을 조르고
부사는 명사를 직접 하겠다며 봉기했다
대명사들은 더 이상 대리가 될 수 없어
일어나고, 관사들은 형용사로부터의 독립을
선언했다. 그런데도 동사들은 꿈쩍 않고
명사의 눈치만 살피고 있다
이제야 알았다. 순수한 관사를 빼고는
모두가 제 속 차리는데 이해가 같으므로
함께 은유를 물고 늘어지는구나
하지만 내 무슨 글재주로
양지 볕에 너부러진 동사를 일깨우고

갸륵한 관사들에게 위로를 주랴
여하 간에 이제부터 은유는 버리고
교양 있는 풍자를 음미하리라
그런다고 뒤바뀐 것들이 하루아침에
제자리를 찾을 수는 없을 터이지만

품사전성品詞轉成

지난봄에 새로 나온 한 우리말 사전에서
전에 알지 못한 낱말 하나를 발견하고
글을 쓰거나 말 할 때 자주 불러내었더니
그는 그 때마다, 평생, 주어진 체언 외에
다른 품사를 수식해 본 일이 없다면서
행간行間에 숨어서 얼굴을 붉혔다

하지만 그대여, 수많은 우리 낱말 중에서
붙박이 수식어가 몇이나 되며, 절 마당의
수국이 어디 주지 스님만 보라는 꽃인가
매일 생각하다보면 항상 생각하게 되고
국수 먹는 것이 혼인잔치 하는 것 아닌가
별간장이 손님장이란 것 그대만 모르는가

찬물에 대하여

무엇이든 기록하는 버릇을 가진 나는 자다가 일어나서 물 마신 것을 적어 두려고 하다가, 찬물을 마셨다고 쓸까, 냉수를 마셨다고 쓸까를 망설였다

냉수는 품위는 있으나 남의 나라 말 같고 찬물은 아이들 말 같지만 우리말에 틀림없어 보였다. 나는, 생각 끝에 머리맡의 공책에다, 자다가 일어나 찬물 석 잔을 마셨다고 적었다

그런데, 이번에는 찬물의 "찬"이 형용사인가, 애초부터 물의 일부인 관형사인가 하는 것이 궁금했다

무슨 속 탈 일이 있어 짧은 여름밤에, 찬물을 석 잔이나 마셨는가는 밀쳐두고 밤중에 이 무슨 품사놀음인가. 나는 "찬"을 잠정, 형용사로 결론짓고 찬물 한 잔을 더 마시고 자리에 들었다

속 타는 일에도 물 마시는 기쁨이 있고 보면, 衆生의 求
不得 苦에는 또 무슨 위로가 마련되어 있을까

모국어母國語

오랜 객지 생활 중 한 교민이 묵은
우리말신문 한 아름을 던져주고 갔다.
오래 만에 마주하는 우리 활자와
따끈따끈한 고국 소식에
신문을 잡은 손이 떨렸다

팥죽 속 새알을 헤아려 먹듯
나는 글자 하나하나를 음미하며
신문을 통독했다

아야어여 오요우유 으이
모음은 혈관을 타고 흐르는 피와 같고
기역 니은 디귿 리을 미음 비웃 시옷
자음은 호흡과 같았다
가갸거겨 고교구규 그기
나라사랑은 여기서 부터인 것 같다

유배지에서의 토요일 저녁식사

비가 내릴 듯 한 토요일 저녁
　한 무리의 학생들 미국 문화원 점거
벽을 바라보고 식탁에 앉아서
　앗, 미소 정상회담에 밝은 전망
우유 한 잔 토스트 두 쪽으로
　알바니 뱅크를 봐 줄 수는 없어
싱겁게 먹고 흥분하지 않는
　신민당, 의사당 농성 풀고 자진 해산
조촐한 저녁식사를 한다
　칠 분 단축하면 팔육 금 유망
식전에 입맛내기 오렌지 두 쪽
　팔육 팔팔 준비에 만전을 기하도록
삐죽, 빛나는 나이프와
　모든 개헌 서명운동 처벌
잘 닦여진 포크로
　다시 애용되는 헝겊 기저귀

몇 번의 단정한 손놀림 끝에
　학생들은 전원 구속되고
토스트를 자르고
　북한산 자연보호 지역의 나무들은
　호화주택 벽난로 속으로 들어가고
우유 잔도 말끔히 비워낸다
　네바도 델 루이스양도 분노를 그치고
　캘리포니아 제 고향으로 돌아간다
후식으로는 걸 스카우트 쿠키 두 개
　끼니 걸러도 약은 꼭 복용
나는 어둠 속에 망연히 앉아서
앞으로의 식사들을 염려 한다

달맞이꽃

머칠 전 흑성산 기슭의 밤안개 속에서 달맞이꽃 몇 떨기를 보고 그 순수한 정감과 감추어진 신비로움에 나도 모르게 아, 하고 탄성을 토해내었다.

아,

그것은 體言에도 用言에도 들지 못하고 話者의 기분이나 맞추어주는 미말의 품사가 아니었던가.

아직도 내 몸에 밴 은은한 풀꽃의 향기는, 또 무슨 用言으로 그려낼 수 있을까.

풀꽃의 이름

한때는 온갖 들꽃들이
산과 들과 내 뜨락에
가득히 피어있어서
내가 곧 풀이며 꽃이라고
착각한 시절도 있었거늘
이제는 다정다감한 여름날 저녁
평상에 홀로 앉아서도
꽃들의 이름이 생각나지 않는다
온 세상 들꽃들이 춤추는 하지夏至
그 이름들 불러보고 싶어도
바람둥이 떠돌이 민들레
앉은뱅이 제비꽃 밖에는
부를 이름이 없다

딸기

나는 가끔, 곤히 자는 아내를 깨워서 꿈 이야기를 한다. 내 꿈이란 것이 지게를 지고 자전거를 탄다든가 코끼리가 이불을 덮어준다는 둥 허무맹랑한 것뿐이어서, 나는 언제나 아내에게 미안한 마음을 가지고 있었다.

오늘 새벽에도, 나는 아내를 깨워서 딸아이를 데리고 산길을 가다가 늑대에게 쫓겨 딸기 밭에 넘어진 꿈 이야기를 하고나서, 신통찮은 꿈을 가지고 공연히 잠을 깨워서 미안하다고 사과했다. 그러자 아내는 잠결에 돌아누우면서, 그래도 딸기는 봤잖아요, 하며 나를 위로했다

아내의 위로가 고맙기는 했으나 사실은, 무서리에 이지러진 산딸기 능선에 넘어진 것 뿐, 딸기는 보지도 못했기 때문에 나는 더욱 미안했다.

그래서 나는 앞으로는 넘어지더라도 싱싱한 제철의 딸

기밭에 넘어져야겠다고 결심했다. 그래야 괜찮은 이야기
꺼리라도 건질 수 있을 터이니 말이다.

라틴 명사들에게

라틴계 명사들은 한 생애에
많게는 다섯 번씩 변신 한다
비따 비떼 비떼 비땀 비떼

원래 친일 지주였으나, 비따
광복과 함께 애국지사가 되고, 비떼
세상이 변하자 사회주의자가 되더니, 비떼
어느새 공산주의를 차버리고, 비땀
선명 반공주의로 명사가 된다, 비떼

그러나 그들은 쉽게 생각 한다
유별난 충신이나 혁명가가
아닌 바에야, 한 생애 서너 번의
변신은 생존을 위한 몸부림일지라
비따 비떼 비떼 비땀 비떼

날마다 출처도 없는 새 말들이
튀어나와, 목숨 부지하는 일조차 쉽지
않은 전쟁터 같은 세상에서 지조는 무슨...
비따 비떼 비떼 비땀 비떼

지문紙文 에서

요즈음의 젊은 명사들은 혼자 가도 될 자리에
유능한 헌신적 저력의 형용사들을 대동하고
나타나기 좋아 한다. 태어난 지문에서 앞뒤
품사들과 호형호제 하며 안분지족 하라는
천명에는 귀를 막고, 때로는, 샛별 같은
영명하신 위대한 친구들을 대동하는
린민의 어버이를 흉내 내는
철없는 젊은 명사들이 간혹 있다

그러다가는, 똑똑한 열혈 품사들이 각축하는
지문에서 살아남기조차 어려울 것이다. 아마
잘 풀려야 저런 조런 억지형용사가 되거나
도저히 아무래도 부사 신분 지키기도 힘겨울
것이다. 낱장에서든, 타블로이드에서든, 또는
반절半切에서건, 알량한 명사를 만나면

머리 숙여 인사하고 재빨리 제자리를 찾는다면
잠ㄴ 에서 쫓겨나는 일은 없을 것이다

숫자 전용轉用

문장 속에서 명사를 모두 직위해제하고
주어와 목적어 자리에는 명사 대신
아무 품사나 글자 수만 맞추어 넣어본다
그것은, 항상 주어와 목적어 자리에 연연하는
명사들이, 마치 잔치집의 상석을 고집 하는
못난 친구들처럼 밥맛이기 때문이다

얼마동안의 실습 끝에, 외출에서 돌아온 내가
열쇠를 달라고 하면 아내는 글자 수를 세어서
찬물을 가져다주고, 내 눈이 침침한 이유를
고양이 때문이라고 하면 아내는 그것을
컴퓨터 때문이란 의미로 이해했다

그런데, 어제 저녁에는, 정말 토마토가
먹고 싶어서 [그만] 토마토를 달라고 했더니
아내는 [여전히] 비타민을 가져오더니

오늘 아침에는 전민동에 간다고 했더니
거기는 왜 자꾸 가느냐고 물었다
아니, 자기가 토마토 대신 비타민을
가져온 바에야, 내가 전민동에 간다고 하면
글자 수에 맞추어서 우체국이나 이발소에
간다는 말로 알아들었어야 할 것 아닌가

하지만, 나 역시 토마토를 대신할 **콩자반**을
삼켜버리고 그냥 토마토를 달라고 한 걸 보면
이 놀이를 시작한 장본인인 나 자신부터
헷갈리고 있음이며, 또, 생각하건데
이 놀이에는 **김일성**이 없고
비행기의 판단에 너무 의존 한다
오늘도 하릴 없이 하루 **코**가 저물어 간다

문자도치 文字倒置

낱말 중에는 시계 기차 계단 침대 모자 상해 전화 손자 조부 수비 등, 한 번 메치면 이럴 테면, 時計는 啓示로, 守備는 匕首로 순순히 본심을 털어놓는 순종 형이 있는가하면, 사진사 토마토 호상 서북서 과실 등과 같이 끝까지 뜻을 굽히지 않는 지조 형도 있다

그런데, 燒酒가 제 혼자 있을 때는 부리는 이의 뜻에 따라 스스로 진열장에서 내려와 행정구역 속으로 걸어 들어가 선뜻, 住所가 되 주기도 하는데 다른 품사를 대동하고 있을 때는 함께 있는 품사들 까지 거역하도록 선동한다. 소주 만병만 주소, 예컨대, 이때의 소주는 아무리 메쳐도 오뚝이처럼 일어선다. 하지만, 한 잔도 독한 소주를 누가 만병이나 마신다는 말인가. 나는 염려를 내려놓는다.

그러나, 만두가 두만이가 된다든가 注射가 使嗾가 된다면 그것은 큰일이다. 난폭한 두만이에게 빼앗긴 공책이

몇 권인가. 그것도 따지고 보면 주변 친구들의 못된 사주
때문이 아니었던가

　공연히 책상 앞에서 불쾌한 기억이나 더듬느니 차라리
뜰에 내려가 화선봉 이파리에 앉은 이팽달이나 건드려볼
까. 연못 속 금붕어들이 뻐끔뻐끔 입질해도 오늘은 돌봐
줄 마음의 여유가 없다

"생생하게" 문제

한 교계 신문이 소속 여기자가 취재차 선교현장으로 떠나는 기사를 실으면서, 팔라우 현지의 선교사례와 사역자들의 봉사 현황을 "생생하게" 취재하고 오는 8월 23일 귀국할 예정이라고 섰다.

이 기사를 읽고는 그가 생생하게 취재하려고 떠나는 것인지 또는, 생생한 현장을 취재하려고 가는 것인지 분간할 수 없다. 생생하게는 생략하고 그냥 선교현황을 취재하려고 떠난다고 썼어야 할 대목이었다.

이 문제는, 정확한 화재 원인을 조사한다는 보도와도 맞물려 있다. "정확한"은 행간에서 쉬게 하고 저희들끼리 달려가서 원인이나 조사할 일이다.

도착할 때 마중 나가면 될 그림씨를 공연히 출발할 때부터 불러내어 원치 않는 어찌씨를 만들어서 움직씨의 수

발까지 들게 하니 그것이 지문에서 심술을 부릴 것은 당연
지사이리라.

샬롬샬롬

빨간 겹꽃을 피우는 봉숭아 씨앗을 심고
싹이 날 때부터 복합비료를 듬뿍듬뿍 주었더니
초여름에 벌써 키가 내 허리만큼 자랐다
나는 올 여름에는 전에 없이 실한 꽃을 보려니
하고 기대했으나, 살구나무 그늘 밑에 늦게
옮겨 심고 거름도 하지 않은 난쟁이 봉숭아
보다 꽃이 시원치 않았다. 이것이 근본에
관한 문제인지 방법에 관한 문제인지
또는 경험에 속하는 것인지는 모르겠으나
철따라 피고 지는 들꽃을 보는 일로부터
얼굴 가려 인사하는 일에 이르기까지
세상에 쉬운 일이 없다. 축복한다는 것이
저주가 되어버려서 눈앞에 다가온 샬롬을
놓쳐버린 주의 종이 어디 한 둘인가

인터뷰

선생님, 결혼은 언제 하셨지요?
　내가 학생 때는 참 가난 했어요
　한 번은 너무너무 배가 고파서

그래서 결혼이 늦어졌나요?
　그 때는 혁명 직후여서
　모든 것이 혼돈 그 자체였어요

결혼은 혁명 후에 하셨나요?
　다방에 있는 사람들을 다 붙잡아서
　산에 대려가 송충이를 잡게 하고

결혼은 다방에서....?
　그래서 나는 도서관에 들어가서

시간이 되었습니다
결혼은 다음 시간에 계속 하겠습니다

제3부

수유리 시편

−아내에게

수유리 시편 · 1

난을 심으며

수유리, 산세 좋고
공기 맑은 인수봉 아래
장미원 모퉁이에 살면서부터
난을 기르기 시작했다

분갈이 하는 친구에게서 얻어온
줄 난 몇 포기를
화계사 언덕에서 파 온
왕모래에 심으니

뿌리는 분에 가득하고
잎의 푸름은 사방에 뻗치다
때를 따라 푸른 잎도 내고
꽃도 피우리라
가을 강변 저녁연기처럼

그윽한 평화
마음에 차오르다

줄 난에 대하여

이파리보다
고운 뿌리
모두 감추고

깊은 데서
속 잎 몇 쪽만
내 보인다

속이 맑아
꽃을 보기 어렵다 하나
뉘라서 꽃을 보려고
난을 기르랴

그대를 기르는 뜻
스스로 거기
매이기 위함이리

수유리 시편 · 3

日記

토요일 오후에도 우이동 계곡과
솔밭에 사람 그림자가 없던 시절
용기 있는 이들은 소나무 가지에
등불을 걸고, 나무를 잘라 밤사이
집을 짓던 시절

때로 나는 쌍문동 종점에서 버스에 내려
마른 사과 몇 개와 오징어 한 마리를 사들고
찬바람이 쌩쌩 부는 벌판을 가로질러
아내가 홀로 기다리는 집을 향해
어둠 속을 달렸다
아내는 희미한 백열등 아래에서
촛불을 켜놓고 신문을 읽고 있었다
전등은 더욱 희미해지고 방은 추웠다

돈암동으로 가 살까
다리 건너 쌍문동에 가 살까
머나 먼 퇴근 길
참 생각도 많이 했다

키츠를 읽는 날

진관외리에는 눈이 내린다는데
번동과 이문동 쪽에서는
석양이 반짝거리고
수유리의 모든 지붕과
장독대 위에는
안개비가 뿌린다

오늘은 난초화분에 바람 쐬기 좋은 날
키츠나 바이런을 읽기에도 좋은 날
상냥한 키츠를 옆구리에 끼고
황토화분을 두 손에 받쳐 들면
바이런은 내려놓아도 좋으리

어제 내린 눈이 산봉우리를
하얗게 덮고, 큰 구름 한 자락
인수봉 중허리를 추스르고 있다

아내여, 그냥 여기 눌러 살자
산도 보고 바람도 쐬며
안개 밭에 묻혀서
그렇게 살자

수유리 시편 · 5

봄을 기다리며

가을에 한 분갈이가
안심이 안 되어
해동하기를 기다려
난석을 털어낸다

마른 흙에 묻힌 뿌리는
갓 엮은 청무우단처럼
가지런히 뻗어 있고
속살마저 보일 듯
맑디맑은 밑뿌리는 딸아이
발뒤꿈치 같이 곱다

잎이 시든 이치는
햇빛을 보지 못 했음일러라
봄이 오면 집을 옮겨야 겠다
남쪽에 창이 트인 집이면
어디인들 어떠랴

군자란이 필 무렵

군자란에 새 잎이 돋을 때쯤이면
내 가려움증도 거의 그치고
퇴근길의 버스가 삼선교나 돈암동을
지날 때까지 석양을 볼 수 있다
겨우내 윗목에 밀쳐놓고
물 한 모금 주지 않은 화분에서
어느 날 새 잎 두 쪽이 살며시
피어오르더니, 그 속에서 죽순 같은
줄기 하나가 불끈 솟아오르다
꽃대 끝에 달린 불그스레한 꽃망울은
시를 다투며 무르익어 가다
수유리의 내 작은 셋방이 술렁거리고
죽은 듯 엎드려 있던 응달의 화단도
꿈틀대기 시작한다. 좁은 화분에서
엉킨 뿌리를 퍼렇게 드러낸
옹색함을 참으며, 그대는 위대한 꿈을

간직하고 있었다. 君子여.
아내는 신선한 물을 주어야 한다면서
펌프 수도의 녹물을 퍼내고 또 퍼낸다

수유리 시편 · 7

한가한 여름

이른 저녁을 먹고
海公의 묘소 위로
뉘엿뉘엿 지는 해를 등지고
딸아이 손을 잡고 牛耳洞 건천으로 나가면
건너편 솔밭에는 낯익은 얼굴들도 보이고
더러는 내 이름 부르는 이도 있다
개울 건너 靑治네 셋집도 기웃거리고
孝元이 부친의 병문안도 한다
나선 김에, 우이동 깊은 골짜기
太完善씨 사랑채까지 가서
향솔란 몇 뿌리를 얻어오다
내려오는 길에 파출소 앞을 지나는데
次席이 혼자 앉았다가 반색하며
길 잃은 딸아이 하나를 찾아 주었는데
나를 꼭 닮았더라 한다

수유리 시편 · 8

줄 난에 대하여

줄 난은 싹이 나기만 하면
뿌리 묻을 자리부터 찾는다
별 떨기 같은 것이 새 순 끝에
대롱대롱 매달려 있다가
부드러운 것에 닿기만 하면
뿌리를 내려 잡으려 한다

한 줄 한 줄 또 한 줄
두 줄 넉 줄 이 을 줄
자로 재듯 뻗어 나서
건너고 또 건넌다

여 덟 자 열 자 열 두 자
저 자 문 열 자 발 치 자
하늘하늘 좁은 공간에 매달려서
저희끼리 손잡고 뻗어간다

4 · 19탑을 찾아서

무너지는 기둥
다시 세우려고 일어난
젊은 사자들 묻혀 있는 곳
흙이라도 담아다가
머리맡에 둘까 하고
향솔란 서너 뿌리를
빈 화분에 담아 들고
해질녘의 공원에 오르다

코스모스는 피었으나
연못은 메말랐고
찾아오는 발길도
돌아가는 그림자도 없다

따끔한 가을볕에
고추잠자리 떼 등만

빨갛게 익어 갈 뿐
애국애족도 잊혀졌다

쪽마늘 같이 마른 뿌리
흙에 묻고 정성들이면
싹이 나고 꽃도 필까

수유리를 떠나며

빨아 말린 옷
다시 헹구고
씻어 넣은 그릇
다시 한 번 더 씻고
열 두 해를
그 산 밑에 살면서도
허리 펴고 인수봉 한
번 바라보지 못했다

쓸어도 남의 뜨락
가꾸어도 남의 꽃
바람은 벌판으로
구름은 산 너머로
붙잡을 것이 없었다

그래서 심은 목련이
앞집 뒷집을 다 덮도록
거기 앉아 노래하던
새소리 한 번
귀담아 듣지 못 했다

떠나면서 정을 붙인들
아내여, 우리
언제 다시 돌아오랴

제4부

수유리 이후

춘검春檢

쌍계사 황 보살을 만난 일은 없지만
그가 가꾼 채전菜田 밭을 보면
그의 수행修行과 규모를 알 수 있다
영조 임금 때의 모진 여름 가뭄에도
물이 마르지 않았다는 마을 우물도
물길이 끊어진 모진 가뭄인데, 그의
채전 밭의 가지와 토란은 싱싱했다.
밤마다 은하수 별들이 무리지어 내려와
가지 밭과 알토란에 물 한 바가지씩을
부어주고 가지 않은 바에야 올 여름의
농사는 순전히 보살님의 극진한 정성
때문이리라. 바로 그것이 부족한 나는
막중한 진리를 품에 안고서도 잘 길러서
건네받은 애물 춘검마저 죽여내고 있으니

입춘立春

정월은 눈 속에 빛나고
이월은 솔밭에 푸르다

이른 눈은 봄보리를 살찌우고
늦은 눈은 나그네의 발을 적신다

추운 소한
따스한 대한

얼레의 연줄 다 풀어도
봄은 아직 이르다

꽃샘바람

정월은 삼월 속에
삼월은 정월 속에

나는 그것이 두렵다

삼월은 바람 속에 지나가도
사월은 잘 넘겨야 하리

자목련이 핀 다음날엔
꽃샘바람이 분다

칠월에는

칠월에는 헤어지지 못 하리

산에서 헤어져도

바다에서 다시 만나리

추분秋分을 지나며

은하수는 선잠 결에 기울고

가을 달은 수심에 진다

수숫대 고개 숙이기 전에

제 별자리 보아두지 않으면

찬 개울 건널 때 후회 하리

겨울은 벌써 발목까지 차오르다

십이 월

십이월의 한 주간은 가슴 아프고

십이월의 한 주간은 환희에 차고

십이월의 한 주간은 후회하고

십이월의 한 주간은 더 기다리고

여행

여행을 하다가 때로는 길을 잃어 지도에도 없는 곳을 헤맬 때가 있다. 그러나 그 때는 그것이 그 여행의 절정이었음을 알지 못 한다.

인생이란 무엇인가. 내가 살아온 것, 지금 살고 있는 것, 그리고 앞으로 얼마간 더 살 것, 그것일 것이다.

우리는 너무 쉽게 분노하며 한 때의 성공과 실패를 인생의 전부인양 착각 한다. 그것이 무엇이거나 그것은 인생의 한 경점에 불과한 것이리라.

시간은 우리의 기쁨과 슬픔, 이별과 사랑, 분노와 회한을 모두 아름다운 추억으로 바꾸어주며, 추억은 모래 폭풍 속 같은 여정에서도 언제인가 우리 곁에 찾아와 따스하게 감싸주는 미풍이다.

오즈의 문을 여는 도로시와 같이 경건한 기대 속에 하루의 문을 열고, 앞이 보이지 않는 안개 속에서도 부단히 나아가면 마침내 아침햇살을 보게 되리라. 다만 불굴의 정신을 가졌다면.

디트로이트로 가는 아이

서울발 디트로이트 행 보잉 707 여객기 안에서 나는 문득 한 아기의 울음소리를 들었다. 사방을 둘러보니 서너 줄 앞쪽 벌크 헤드 시트에 앉아 있는 한 중년남자의 품에 안긴 파리한 모습의 아기가 눈에 들어왔다.

아기는 젖병을 빨다가, 잠들었다가, 다시 깨어서 사방을 두리번거리곤 했다. 그를 보살피는 남자는 아버지는 아닌 듯 열다섯 시간 채공시간동안 기저귀 갈아주는 것을 보지 못했다.

지나가던 스튜어디스가 아기를 안고 얼러주니 엄마의 품 같이 느꼈을까 아기는 처음으로 까르르 웃었다. 스튜어디스가 그를 내려놓자 아기는 잠시 앙앙 울더니 곧 스스로 울음을 그치고 겁먹은 눈으로 주위를 살피는 것이었다.

돌 지나기 전부터 눈치를 살피며 자라는 아이,

아가야, 네 스스로 조국을 찾을 때까지
아무에게도 눈물 보여선 안 된다.
그래야 네가 가는 곳 어디서나 우뚝 설 수 있으리라.

2

내 어린 것이, 젖 냄새 나는 뽀얀 손을 펴고 엄마 앞에서
짝짜꿍 아빠 앞에서 짝짜꿍 하며 노래할 때, 우리는 얼마
나 기뻐했던가.

벽에도 서리가 치는 단칸 셋방에서 어린것이 감기에 걸
렸을 때는 찬 공기를 막아보려고 아내와 함께 담요 한 장
을 머리에 쓰고 작은 천막을 만들어 주며 밤을 새워 간호
했다.

녀석이 커서, 이마에 띠 두르고 아우내 장터에서 울산
까지 안개 밭을 헤매고 다니며 아무개는 물러가라 무엇은

빨리 오라, 하고 외칠 때까지도 제 어미의 속은 편안한 날
이 없었다.

이름 모를 그 아기는 감기라도 걸리면 누가 밤새워 돌
봐줄까. 열 살이 되도록 스무 살이 되도록 사람 조심 차 조
심 누가 일러줄까.

3

공항에 내려 베기지 체크아웃 하고 세상에 불편하고 불
친절한 출입국 수속을 마치고보니 내가 갈아 탈 비행기도
아기도 떠나가고 없었다.

비 내리는 활주로를 바라보며 생각에 잠겨 있는데 문득
검은 구름 사이로 작은 별 하나 보인다.

바다의 죽음

망종이 지나도록 산제비가 돌아오지 않더니
바다에 떠오른 긴 쥐치를 삼킨 갈매기와
갯가에 기어 나온 우렁쉥이를 밝아먹은
가마우지가 백사장에 떨어져 죽었다.
연안에 세워진 공장 굴뚝에서 검은 연기가 솟고
골짜기 마다 들어선 공장의 배수구로부터
녹황색의 폐수가 바다로 흘러들기 시작하면서
여뀌 풀은 시퍼렇게 자라 독을 내뿜고
연안에는 죽음의 그림자가 드리워졌다.

산기슭의 아기밤달팽이 좌선깨알달팽이 하와이호박달
팽이가 먼저 죽고, 대고동 각시대고둥 각시모래고둥이 다
음에 죽고, 조간대 세사층의 주름 송곳고둥 큰 구슬우렁
이 피뿔고둥 대복 바지락 말 백합이 그 다음에 죽고, 갯벌
과 자갈밭의 댕가리 동다리 밤고둥 비틀이고둥 어깨뿔고
둥 눈알고둥 총알고둥 대수리 가리맛조개 가무락조개 왕

우럭조개와 굴이 그 다음에 죽고, 대추고둥 피조개 홍합 키조개 꼬막 점박이 계란고둥 갯우렁이가 마지막으로 죽었다.

간조의 갯벌에는 라면봉지 아이스크림 껍질 비닐조각 통조림 캔 병뚜껑 유리조각 연탄재 담배꽁초 성냥 곽 전기줄 부서진 의자 사과 궤짝 사이다병 건전지 수박껍질 타다 만 나무토막 모기향 타이어 그물 신발 헌 옷 농약병 몽당비 톱밥 따위가 분뇨와 함께 쌓여 있고,

만조의 바다에는 패선에서 흘러나온 검은 기름 물결이 온갖 잡쓰레기들과 함께 넘실거리다가 날이 밝기 전에 수평선 너머로 밀려가고 석양은 저녁마다 해수면 0미터까지 내려와 얼굴 붉히고 돌아 선다.

바다 밑 세계는 몸서리치는 정적 뿐 생명체의 그림자는

흔적도 없다.

겨울에도 창밖에 문주란을 내놓는 고장
그 파란 물 간 데 없고, 바다에는 병든 우뭇가사리가 떠
다닌다.

마침내 누구인가 저녁노을을 모두 불러 모아
거사의 시기를 의논하는 듯
저녁 바다가 오렌지색으로 변했다.

한빛에게 주는 시

한빛이 포근한 캐시미어 이불에 묻혀
곤한 잠에 떨어져 있을 때
부지런한 해ㅅ임은 누가 기다리기라도 하듯
재빨리 지구를 한 바퀴 뺑 돌고 와서
창문에 댓잎 그림자를 가득 그려 놓았고
감꽃 떨어지는 소리에 선잠 깬 참새들은
뜰을 오르내리며 오두방정을 떨어쌓고
바람결에 실려 온 들 찔레 꽃가루에
코가 간지러운 동네 개들은 빤히 아는
길모퉁이에 찔끔찔끔 오줌을 싸면서
좁은 마을길을 경중경중 뛰어 다닌다
한빛아, 이제 그만 일어나거라
감나무의 참새들과 앞마당의
병아리들이 너를 기다리고 있다
너는 장대울에서 부터 일어나
한밭 벌을 다 비추고

반도의 어둠을 다 사루어야 한다
하지만, 먼저 일어나 세수부터 하여라
그 다음에 할 일은 예쁜 네 어머니가
모두모두 일러 주시리라

봄 날

따스한 봄볕이 드는
수돗가에 창포 꽃 피었다
무료한 돌돌이는 꽃잎을 뜯으며
학교 간 혜주를 기다린다.

금잔디가 돌돌이 오줌에 시든 사이
내성리 단감나무는 지붕을 반이나
가릴 만큼 크게 자랐다.

망나니 돌돌이는 정원사
자전거에 실려 집 떠나고
그 녀석 자리에 내가 앉아
마을 간 아내를 기다린다.

새에게

가을 아침에 뜰에 나가니
어저께 천리향 가지에 내렸던
작은 새가 다시 와서
감나무 가지를 오르내리면서
비비 비비비비 하고, 내게
무슨 말을 하려는 것 같다

새야,
서역 만 리 가는 길에
잠시 내 뜰에 내렸거든
그냥 지나가시라
그 여인의 마음 변한 것
나도 알고 있느니

단감을 따며

단감을 따는 날 아침
시집간 딸아이의 서랍에서
오래된 수첩 하나를 발견하고
무심코 펼쳐 본다

조헤레나 이국에 육삼팔삼
고정선 오국에 사공육육
수첩에는 어릴 적 제 친구들의
전화번호와 날마다의 느낌이
깨알같이 적혀 있다

이 소중한 보물단지를 던져두고
딸아이는 홍콩에서 살고
헤레나와 정선이도 구구팔과
삼이오에서는 살지 않는다

그 아이들이 앳 띈 모습으로
내 집을 드나들 때는, 뜰의
단감나무도 여리디 여렸거늘
조심하여라. 너희들 이름
매단 가지가 바람 끝이구나

늦더위

저녁 무렵, 더위에 지친
뜰의 화초와 나무에
시원한 물을 뿌려주니
앞 다투어 고맙다며
머리 숙여 절한다.
한 번 지나 간 곳에 다시
물 뿌려주니 또 절한다.

베풀어도 고마운 줄 모르고
이제 그만 홀로 서야지, 하면
제 것을 빼앗기기라도 한 냥
등 돌리는 사람 보다
그대들이 백 배 낫다.
그래서 내 일찍 사람
대신 그대들 택했거니.

자전거

벚꽃과 목련이 져서 찻길에는 꽃잎이 휘날린다.
내 집 뜰에 들어서니 단감나무 기침 소리 들리는 듯.
연못 가 석류나무를 빼고는 나무마다 새싹이 돋고
현관 앞 목단은 하루가 다르게 꽃망울이 부풀어간다.
홈쇼핑 자전거 조립을 마친 나는 팔이 아프고
시운전한 아내는 다리가 아프다.
청소는 내일로 미루고 쿵푸 허슬을 한 번 더 본다.

투사鬪士

선화동 집을 드나드는 동네 사람들은
뜰에 향내가 가득하다고들 말한다.
내 뜰에는 지범 어미가 가져온 초량 방화,
원주 이대식네 텃밭에서 캐 온 궁궁이,
민명수 선생이 아내 생일에 보낸 재스민,
돌 틈에 무리지어 핀 영문 모를 맥문동과
배소장이 가져온 페퍼민트와 국화, 더덕,
하야 어미가 사 온 당귀와 로즈마리 등
향기 나는 화초들이 흐드러지게 피어 있다.
그것들이 힘을 합쳐 모기를 내몰아 준다면
금상첨화이련만 미풍에 향기만 피워댈 뿐
파리 한 마리 내쫓지 못한다.
마치 내 품 속의 정의의 투사들 같다.

자서전

서악西岳 선도산 솔바람 속에 태어나
빈강성 주하현 목단강가에서 유년시절을
산우리의 산과 들에서 소년시절을
선비의 고을 영주에서 학창시절을 보내다.

오정梧井에서 시성들과 노닐고
삼성동三省洞에서 사는 법 깨닫고
목동牧洞에서 목양의 꿈 키우다.

수유리水踰里 산세 좋은 고을에서
가정 이루고 두 아이 얻어
선화동宣化洞에 와서 밝은 생애 펼치다.

공도리公道里 삼년동안 추포가 읊조리다가
하기下旗 동산에 돌아와 기를 꽂았으나

이제 노은老隱에서 조용히 엎드려 지내려한다.
거기에는 언제나 흰 구름 떠 있겠지.*

---

* "白雲無盡時," 王維, <送別> 부분.

우수雨水

순천 가는 새 길 황전 휴게소에서
에스프레소 커피를 마시다가 문득
창밖을 보니

검은 옷 입은 사람들이 김이 모락
모락 피어오르는 종이 컵 하나씩을
들고 서서 수군거리고 있다

삶과 죽음은 찻잔 속의 잔물결 같은 것
오늘은 바깥쪽으로
내일은 안쪽으로

입춘을 무사히 넘겼으되
우수가 목전에 있다

천사

제 어머니의 입원 소식을 듣고
석 달도 채 안 된 젖먹이를 둘러매고
따뜻한 나라 홍콩으로부터 딸아이가 왔다.
급히 아기 보는 아주머니를 구했더니
그 아주머니는, 오자마자 우리 천사 귀여운
천사 하며 외손녀를 정성껏 돌보았다. 정초에
아기가 돌아가니 아주머니도 오지 않게 되었다.

겨울이 지나고 따뜻한 봄 돌아와
딸아이와 마리가 다시 왔다.
아내는 그 아주머니에게 전화를 걸면서
천사아주머니, 아기천사가 왔어요 했다.
아주머니는 한걸음에 달려와서 우리천사
아기천사 하며 유쾌하게 아기를 얼렀다.
그래서 우리 집에는 두 천사가 탄생했다.

고향

고향에 돌아와 옛길 더듬어
앞내에 나가 본다

광대한 나의 영토, 세심바우, 뒷골
족제비골, 거촌, 무섬이 한 걸음이다

어떤 상처는 잘 잊혀 지지 않아
옛 생각도 곱지 만은 않다

마을 앞 느티나무도 고사했다
떠나야 고향이 되는 것을 알았다

크리스마스트리

벵갈 고무나무와 베고니아를 들여놓고
그 옆에 크리스마스트리를 세웠다.

별과 구유와 썰매 등 장식을 매달고
불을 켜니 오색 불빛이 순식간에 나무
꼭대기 아기천사의 왕관 까지 오르더니
안개 낀 밤하늘로 뛰쳐나간다.

큰아이는 병원 일이 바빠 오지 못하고
딸아이는 둘째 아기를 가져 홍콩에 있다.

아기 예수만 오서서 마리아님 왕관에서
반짝 반짝 밤새도록 어둠을 밝혀준다

봉선화

이른 봄 담 밑 여기저기에 봉선화 씨앗을 심었더니 그것이 싹이 나고 자라나서 뜰에는 초여름부터 연분홍과 심홍색의 꽃들이 흐드러지게 피었다. 가끔 열린 대문으로 뜰을 들여다 본 사람들은 아, 봉선화 하며 모두 감탄하였다.

나는 꽃이 지고 씨가 맺히면 그것을 다시 심고, 또 다시 심기를 세 번째, 그러던 어느 날 봉선화 잎에 하얀 줄무늬 병이 생기더니 손 쓸 틈도 없이 며칠 내 뜰 전체에 퍼져서 싱그럽던 잎사귀가 모두 시들고 꽃도 빛을 잃었다.

뜰에는 뿌리 뽑힌 봉선화가 수북이 쌓여 있고 여름내 이글거리던 태양마저 어느새 빗겨 지나간다.

나는 그제야 벌써 추분이 지나고 가을이 온 것을 깨달았다. 여름이 지나간 줄도 모르고 꽃을 심다니! 아름다움에는 때가 있고 거룩한 욕망에도 安分知足의 道가 있거늘.

무위자연無爲自然

무더위가 한 풀 꺾이고
남쪽에서 세찬 비바람이
불어오는 저녁 무렵, 다른
새들은 모두 숲으로 돌아가고
까치 몇 마리가, 산 쪽으로 난
내 창에까지 내려와 우짖는다

까치야, 두려워 말아라
이 비바람 치는 날
그대가 잠시 사람의 집
처마 밑에 우거한들
삼불봉 신령님의 무위자연
무위지치無爲之治가 깨지기야 하겠느냐

산비둘기

기집 죽고 자식 죽고
원통해서 못 살겠네
꾸르르륵 꾸르르륵

수수 천년
철탄산 골짜기 건너다니며
단장의 절규를 토하더니

콩밭에 서숙 심은 것
그렇게도 원통해서
이 봄에 또 다시
피를 토하는 것이냐

나이팅게일에게

적도의 새벽녘 검은 숲속에서
이름 모를 새 한 마리
이 나무에서 저 나무로 저 나무에서
이 나무로 옮겨 앉으며
청아한 음성으로 내 밤잠을 설치게 한다.
너의 그 현란한 곡조와 청아한 음성은
누구에게서 물려받은 것이냐.

아, 바로 너로구나. 젊은 키츠가
병든 가슴을 안고 잠 못 이루며
그 옛날 이국 땅 낯선 밀밭 이랑에서
이삭을 줏으며 네 노래를 들었던
모압 여인 룻을 생각하게 한 새

우주는 광활하고 별과 별은
시간의 사슬에 묶여 겁과 찰나

사이를 유영하고 있나니
새여, 그대 환상의 날개로 영원과
순간을 넘나들며 불후의 시성과
뭇 남성의 연인 룻의 후일담을
오늘 밤 내게 전하는 것이냐

구절초

여름내 개망초와 달맞이 꽃이
어우러져 피던 한적한 산책길에
보라색 구절초 몇 떨기
애잔하게 피었다

다정다감한 세월 다 지나고
찬 서리 내린 늦가을 아침에
배시시 생머리 내미니, 올가을의
위안이 여태 남았단 말이냐

가려움증

시든 향솔란에 생기가 돌고
문주란 마른 줄기에서
속잎이 필 때 쯤

　사냥꾼이 산에서 돌아오고
　어부가 바다에서 돌아오듯
그대는 내게 돌아온다

힘껏 껴안고 뺨을 부비고
피멍이 들도록 어루만지고
아, 그대는 나를 유린한다

그 사이, 곤륜당 복사꽃
다 지고, 가는 봄과 함께
그대도 홀연히 떠나간다

지는 해

정월에 지는 해는 영동어미 버선코에 채이고
이월에 지는 해는 소복행자 성난 이빨에 물리고
삼월에 지는 해는 봉놋방 시렁에 목매이고
사월에 지는 해는 다랑이 묵정논에 누워 몸살 앓네
오월부터 동지 까지는 가다가 날 저물면
아무 산에나 쉬어가고, 아무 바다에나 떨어지네

새해

다초점 렌즈 안경을 쓰고부터는
모든 사물이 조금씩 커 보였다
신고 있는 신발도 크게 보이고
아득하게 먼 계룡산 천황봉도
턱없이 가깝게 보였다

뒤늦게 깨닫고 보니
안경 벗고 세수할 때와 자리에
누워 눈감기 전에 본 것만이
사물의 진상이었다
새해에는 이것을 명심하고 살리라

오리

새들이 지저귀는
큰 나무 아래
작은 연못에는
한 무리의 오리 떼가
유유히 헤엄치고 있다

오리는 고운 털을
가지고도 뽐내지 않고
아무 것이나 잘 먹고
우아하게 헤엄치며
물 밖에서도 잘 논다

오리는 내 아내와도
닮은 점이 많다
그래서 나는 새와

가축 중에서 오리를
제일 좋아 한다

깨달음

깊이를 알 수 없는 생각에 잠겨
대웅전 연화좌 앞을 서성거리는데
한줄기 회오리바람이 일어나더니
떨어진 꽃잎을 쓸어 모아 요사채
추녀 끝으로 솟구쳐 사러진다

　가진 것도 버리고
　얻고자 하는 것도 버릴지니
　감나무도 버리고 절도 떠나라

부처님의 말씀을 듣고
황급히 절을 떠난다는 것이
아내와 딸아이를
주차장에 남겨 두고
학봉마을까지 달려 나가다

자살 연습

자살 자살 자살 자살 자살 자살
자살자살자살자살자살자살자살
자 살 자 살 자 살 자 살 자 살 자
살자 살자 살자 살자 살자 살자

지시 알려준다. 뜰에 나가 바라보는 "아는 듯 모르는 듯 말 없이 깜박이는 나의 별"은 그래서 하늘에 있는 궁극의 본향이자 지상에 존재하는 '나의 집'이 투사投射된 것인 셈이다. 이처럼 시인은 "밤하늘을 바라볼 때마다 기억을 더듬어 장수바우 마을과 옛 동무들을 마음에 그리며 저모숭이 별을 찾았고, 때로는 나의 전생이 카시오페이아와 관련이 있을 것이라고 상상"(「좀생이 별」)해온 자신을 회억回憶하면서, "잔 빛을 모아/제 것인 양 밤하늘에 뿌려대어서/자신의 존재를"(「아기별에게」) 알리는 '별'을 통해 "또 하나의 여행을 위해/무거운 두 다리를 세우고/오늘과 내일 사이의 완충지대를/힘겹게 걸어"(「우주여행」)나가는 순례를 지속하고 있는 것이다.

우리가 잘 알고 있듯이, 서양 근대 시인들이 인식한 자연관 가운데 대표적인 예는 아마도 역사적 낭만주의 사조일 것이다. 위대한 낭만주의 시인으로 일컬어지는 워즈워드W. Wordsworth는 자연을 통해 시인의 삶과 인식을 드러낼 수 있는 이른바 '천재론天才論'을 구상한 바 있다. 그에게 자연은 스스로 존재하는 어떤 것이 아니라, 상상력의 매개를 통해 '미美'를 표현하는 매재媒材였다. 곧 시인의 정서는 상상력을 어떻게 발휘하는가의 문제와 연결되는데,

이때 자연이 가장 핵심적인 역할을 하게 된다는 것이다. 도한호 시인에게 자연이란 '별'로 대표되는 천체 사물로 번져가면서, 커다란 스케일과 명징한 상상력을 함께 보여주는 매재로 풍요롭게 활용된 것이다.

2. '언어' 자체에 대한 각별한 자의식

다음으로 도한호 시인은 '언어'에 대한 정밀한 탐구를 통해, '언어'가 여러 경로로 우리에게 다가오는 지점을 선명하게 보여준다. 그는 '언어'가 단지 삶의 시뮬레이션을 위한 기표가 아니라, 현실을 적시하고 동시에 삶을 은유하는 양식임을 견고하게 보여준다. 그리고 '말'이라는 것이 독립된 것이 아니라 다양한 관계에 의해 얽혀 있는 상호 연관적 존재임을 노래한다.

사려 깊은, 훌륭한, 멋진, 형용사들은
대개 너무 멀리 떨어져 있어서
제 때에 명사를 수식해주지 못하고
그 곁에는 이, 그, 저, 지시대명사들이
기회를 엿보고 있다가 함부로 명사를
부리려 하거나, 전혀, 아주, 젠장, 부사나

아니, 저런, 허 참, 사이비 감탄사들이
떼를 지어 모여 있어서, 아침저녁으로
명사의 심기를 불편하게 한다. 잠시
동사가 외출이라도 하는 날에는
잔난 대명사는 영락없이, 만만한
부사 몇을 데리고 나타나서
명사의 목을 조르려 한다
명사는 아예 정든 품사를 떠나
아이누 방언(方言)이나, 노암 촘스키의
변형생성문법 속으로 들어가 버리거나
혹은, 행간(行間)에 은신하면서
타작마당에 콩깍지 튀듯 까부는
언어유희를 관망이나 하려 해도
동사가 없이는 몸을 움직일 수가 없다
그러니, 이래저래 알량한 명사로 남아서
사려 없는, 저만 아는, 무능한
형용사들에게 둘러싸여 있다가
도리깨로 정수리를 얻어맞기라도
하는 날에는, 그것들과 함께
무한천공으로 곤두박질하는 수밖에…
그 밖에는 달리 도리가 없어 보인다

—「언어유희」 전문

대체로 '언어유희(pun)'란, 동음이의어나 유사 기표를 통해 의미의 낙차 효과를 노리는 기교를 말한다. 하지만 도한호 시인은 품사品詞들의 관계론을 통해 '말'의 유희적 차원을 넘어 '말'의 존재론에 가 닿는다. 가령 이 시편에 등장하는 품사는 형용사, 명사, 대명사, 부사, 감탄사, 동사 등인데, 말할 것도 없이 이들은 각각 저마다의 독자적 기능을 가지고 있다. 시인은 형용사는 "너무 멀리 떨어져 있어서" 명사를 수식하지 못하고 오히려 그 곁에서 지시대명사들이 명사를 부리려 하고, 부사나 감탄사들도 명사의 심기를 불편하게 한다고 상정한다. 동사가 부재하면 대명사와 부사가 힘을 합쳐 명사의 목을 조르려 하니, 독립 성격을 가지는 '명사'는 떠나거나 사라져버리거나 은신하면서 그네들의 '언어유희'를 관망하려 한다. 하지만 독립 품사로서의 명사도 '동사' 없이는 좀처럼 움직일 수가 없다. 그러니 자연스럽게 명사는 형용사들에게 둘러싸여 있는 것 외에 다른 도리가 없는 것이다. 이 재미난 우화寓話는 '언어'가 가치중립적 도구나 의사소통에 필요한 수단이라는 명제를 넘어 스스로 인격을 가지고 관계론을 형성하는 상징적 실재임을 보여준다. 그만큼 시인의 언어관은 역동적이고 관계론적이다. 그래서 이 시편은 "무엇이든 기록하는 버릇을 가진"(「찬물에 대하여」) 이들로 하여금 언어

자체에 대해 숙고해보게 하는 힘을 가졌다고 할 수 있다. 그렇게 시인은 '말'을 쓰는 이로서의 깊은 자의식을 통해 언어의 다양하고도 역동적인 면모를 살핀 것이다.

낱말 중에는 시계 기차 계단 침대 모자 상해 전화 손자 조부 수비 등, 한 번 메치면 이를테면, 時計는 啓示로, 守備는 匕首로 순순히 본심을 털어놓는 순종형이 있는가 하면, 사진사 토마토 호상 서북서 과실 등과 같이 끝까지 뜻을 굽히지 않는 지조형도 있다

그런데, 燒酒가 제 혼자 있을 때는 부리는 이의 뜻에 따라 스스로 진열장에서 내려와 행정구역 속으로 걸어들어가 선뜻, 住所가 되어주기도 하는데 다른 품사를 대동하고 있을 때는 함께 있는 품사들까지 거역하도록 선동한다. 소주 만병만 주소, 예컨대, 이때의 소주는 아무리 메쳐도 오뚝이처럼 일어선다. 하지만, 한 잔도 독한 소주를 누가 만병이나 마신다는 말인가. 나는 염려를 내려놓는다.

그러나, 만두가 두만이가 된다든가 注射가 使嗾가 된다면 그것은 큰일이다. 난폭한 두만이에게 빼앗긴 공책이 몇 권인가. 그것도 따지고 보면 주변 친구들의 못된 사주 때문이 아니었던가

공연히 책상 앞에서 불쾌한 기억이나 더듬느니 차라
리 뜰에 내려가 화선봉 이파리에 앉은 이팽달이나 건드
려볼까. 연못 속 금붕어들이 뻐끔뻐끔 입질해도 오늘은
돌봐줄 마음의 여유가 없다

— 「문자도치」 전문

　사실 이 시편의 제목 ‘문자도치’야말로 언어유희의 한
표본이 아닐 수 없다. 말을 뒤집어 읽으면 재미난 변형을
이루는 단어에는 “時計는 啓示로, 守備는 匕首로” 바뀌는
‘순종형’이 있는가 하면, “사진사 토마토 호상 서북서 과
실”처럼 뒤집어도 변치 않는 ‘지조형’도 있다. 그리고 ‘燒
酒/住所’처럼 뜻이 바뀌는 경우도 있고, ‘소주/주소’처럼
품사마저 바뀌는 경우도 있다. ‘만두/두만’이나 ‘注射/使
嗾’처럼 불쾌한 기억을 거느린 단어로 변하는 것은 자못
큰일이다. 그래서 시인은 뜰에 내려가 화선봉 이파리에
앉은 이팽달이나 건드리며 “연못 속 금붕어들이 뻐끔뻐끔
입질해도 오늘은 돌봐줄 마음의 여유가 없다”고 고백한
다. 역시 ‘말’의 역동성과 재미난 변형 가능성을 노래한 작
품이다. 언젠가 시인은 “은유는 버리고/교양 있는 풍자를
음미하리라”(「요즈음의 시」)라고 다짐한 바 있는데, 이러

한 시편은 '말'이 지닌 여러 속성을 통해 인간의 존재론까지 풍자하는 효과를 지닌다. 이렇게 시인은 "모음은 혈관을 타고 흐르는 피"와 같고 "자음은 호흡"(「모국어」)과도 같은 정감을 가지고 그 "순수한 정감과 감추어진 신비로움에 나도 모르게 아, 하고 탄성을 토해"(「달맞이꽃」)내는 언어주의자로 우리에게 다가오고 있다.

3. 수유리에서의 내밀한 경험과 감각

도한호 시인이 이번 시집에서 정성스레 보여주는 또 다른 음역音域은, 1960년대말부터 십여 년 동안 수유리 백운대 아래 장미원에 살면서 남긴 열 편의 연작에 담겨 있다. 이른바 '수유리 시편'이라고 할 수 있을 듯하다. 시인은 자연 친화를 통한 생명 지향의 상상력을 통해, 사물을 심미적 회상에 의해 바라보고 배열하는 독특한 시선을 보여준다. 가령 그것은 막 생성되는 것들에 대해 찬탄하는 시선에 의해 결정되기도 하고, 소멸해가는 것들에 대한 애잔하고도 섬세한 시선에 의해 나타나기도 한다. 다음 시편을 읽어보자.

수유리, 산세 좋고
공기 맑은 인수봉 아래
장미원 모퉁이에 살면서부터
난을 기르기 시작했다

분갈이하는 친구에게서 얻어온
줄 난 몇 포기를
화계사 언덕에서 파 온
왕모래에 심으니

뿌리는 분에 가득하고
잎의 푸름은 사방에 뻗치다
때를 따라 푸른 잎도 내고
꽃도 피우리라
가을 강변 저녁연기처럼
그윽한 평화
마음에 차오르다

―「난을 심으며」 전문

'난蘭'이란 그 고유한 절조와 기품으로 인하여 선비의 모습을 환기하는 오랜 상징으로 쓰여왔다. 시인은 '수유리'라는 산세 좋고 공기 맑은 곳에서 "분갈이하는 친구에게서 얻어온/줄 난 몇 포기를" 길렀다. 시인이 정성스레 심은 '난'은 어느새 뿌리를 가득 내리고 푸른 잎들을 허공에 뻗어간다. 결국 푸른 잎들은 꽃으로 이어지고 시인은 '난'으로 하여 번져오는 "그윽한 평화"로 마음을 차곡차곡 채워간다. '난'이 삶의 기품이자 기율로 은유되고 있는 그윽한 시편이 아닐 수 없다. 이렇게 도한호 시인은 수유리에 살면서 느낀 소회들 가령 "용기 있는 이들은 소나무 가지에/등불을 걸고, 나무를 잘라 밤 사이/집을 짓던 시절"(「日記」)의 장면들을 선연하게 기억하여 그것을 삶의 향기로 치환하고 있다. 그 안에는 자연의 생성과 소멸의 이치라든지 마음속 깊은 평정이라든지 하는 것들이 아름답게 깃들이고 있다.

빨아 말린 옷
다시 헹구고
씻어 넣은 그릇
다시 한 번 더 씻고
열두 해를
그 산 밑에 살면서도
허리 펴고 인수봉 한
번 바라보지 못했다

쓸어도 남의 뜨락

가꾸어도 남의 꽃
바람은 벌판으로
구름은 산 너머로
붙잡을 것이 없었다

그래서 심은 목련이
앞집 뒷집을 다 덮도록
거기 앉아 노래하던
새소리 한 번
귀담아 듣지 못했다

떠나면서 정을 붙인들
아내여, 우리
언제 다시 돌아오랴

—「수유리를 떠나며」 전문

　시인은 열두 해나 정들어 살던 수유리를 떠나면서 생활에 충실한 동안 "허리 펴고 인수봉 한/번 바라보지 못했다"고 고백한다. 그곳의 뜨락이나 꽃이나 바람은 모두 시인의 것이 아니었던 것이다. 그리고 그곳에서의 생은 아름다운 목련이 가득 피도록 새소리에 귀 기울이지 못한 것이었다. 이제야 그곳을 떠나면서 정을 붙여보려 하여도 시간의 불가역적 속성으로 인해 시인은 아마도 그곳 그때로 "다시 돌아"올 수 없을 것이다. 이렇게 도한호 시인은 인상적인 시적 순간에 대한 '기억의 현상학'에 매진하면서도, 그것이 어떠한 인생론적 의미를 지니는지에 대하여 진지하게 질문하고 있다. 이 경우 그의 시편들은 사물의 표면을 뚫고 들어가 근원적인 '존재(Sein)'에 대한 시적 욕망을 보여주게 된다. '수유리'는 그러한 내밀한 경험과 감각의 기원을 담고 있는 상상적 거소居所가 되는 셈이다. 언어의 지시적 의미를 넘어 가장 근원적인 생의 형식을 되묻는 이러한 시편들은, 우리의 공동체적 경험의 선명한 한 컷을 묘사하면서 그 풍경이 가지는 인생론적 의미를 거듭 묻는다. 그것이 삶의 아름다움으로 전이되면서 생성과 소멸의 에너지로 나타나게 되는데, 수유리에 대한 기억 시편들이 그 명료한 사례에 속한다고 할 수 있을 것이다.

4. '삶'의 진실과 깨달음의 세계

다음으로 우리는 시인이 교직에 종사한 기간 동안 쓴 단편들을 살펴볼 수 있다. 우리가 잘 알듯이, 한 편의 작품 속에 구현된 '시간'은 경험적이고 물리적인 시간 자체가 아니라 작품 내적 시간으로 재구성된 어떤 것이다. 우리가 '기억'이라고 부르는 것도, 지층에 남아 있는 화석처럼, 마음이라는 지층에 보존된 하나의 흔적이며 표지標識이며 기록일 것이다. 그래서 시인들은 마치 고고학자처럼 의식의 건너편에 내재한 기억 혹은 근원적 세계를 우리에게 상상적으로 복원시킨다. 그것이 바로 사물들에 대한 매혹적이고도 아득한 시선으로 나타나는 것이다. 도한호 시편에서도, 시인이 보여주는 애잔한 그리움과 견고한 기억은 그 흔적을 선명하게 남겨놓는다.

여행을 하다가 때로는 길을 잃어 지도에도 없는 곳을 헤맬 때가 있다. 그러나 그 때는 그것이 그 여행의 절정이었음을 알지 못한다.

인생이란 무엇인가. 내가 살아온 것, 지금 살고 있는 것, 그리고 앞으로 얼마간 더 살 것, 그것일 것이다.

우리는 너무 쉽게 분노하며 한때의 성공과 실패를 인생의 전부인양 착각한다. 그것이 무엇이거나 그것은 인생의 한 경점에 불과한 것이리라.

시간은 우리의 기쁨과 슬픔, 이별과 사랑, 분노와 회한

을 모두 아름다운 추억으로 바꾸어주며, 추억은 모래 폭
풍 속 같은 여정에서도 언제인가 우리 곁에 찾아와 따스
하게 감싸주는 미풍이다.

오즈의 문을 여는 도로시와 같이 경건한 기대 속에 하
루의 문을 열고, 앞이 보이지 않는 안개 속에서도 부단히
나아가면 마침내 아침햇살을 보게 되리라. 다만 불굴의
정신을 가졌다면.

―「여행」 전문

‘여행’이란 자신의 삶을 한순간 낯설게 함으로써 새로
운 자아를 발견하는 물리적 과정이다. 시인은 ‘여행’이라
는 과정을 활용하여 인생을 우회적으로 은유하고 있다.
예컨대 여행중에 길을 잃어버려 “지도에도 없는 곳”을 헤
맬 때, 시인은 그것이 바로 “여행의 절정”이었음을 깨닫
다. 하지만 깨달음은 언제나 한참 뒤에 오는 법, 여행중에
는 그걸 알지 못하다가 시간이 지나 성숙을 경험하고 나서
야 “인생이란 무엇인가”라는 묵직한 질문과 함께 그 깨달
음은 서서히 찾아온다. 시인은 “내가 살아온 것, 지금 살고
있는 것, 그리고 앞으로 얼마간 더 살 것”의 의미를 반추하
면서 쉽게 분노하며 쉽게 성공과 실패를 저울질해온 삶을

"인생의 한 경점에 불과"하다고 사유한다. 그렇게 '시간'
이란 인간의 희로애락을 모두 "아름다운 추억"으로 바꾸
어주면서 인생을 따스하게 감싸준다. 이때 시인은 여행을
나서는 것처럼 하루의 "경건한 기대 속에 하루의 문을 열
고" 안개 속에서 아침햇살을 보려는 "불굴의 정신"을 희
원하고 있다. 비록 "삶과 죽음은 찻잔 속의 잔물결 같은
것"(「우수」)일지라도 "가진 것도 버리고/얻고자 하는 것
도 버릴지니/감나무도 버리고 절도 떠나라"(「깨달음」)는
깨달음에 충실하고자 하는 도한호 시인의 고전적 매무새
가 단단하게 느껴지는 대목이다. 그렇게 시인은 "아름다
움에는 때가 있고 거룩한 욕망에도 安分知足의 道가"(「봉
선화」) 있다는 깨달음 아래 "내면의 신성한 소리에 귀 기
울인 소명"(김백겸)을 이렇게 선연하게 보여주고 있는 것
이다.

적도의 새벽녘 검은 숲속에서
이름 모를 새 한 마리
이 나무에서 저 나무로 저 나무에서
이 나무로 옮겨 앉으며
청아한 음성으로 내 밤잠을 설치게 한다.
너의 그 현란한 곡조와 청아한 음성은

누구에게서 물려받은 것이냐.

아, 바로 너로구나. 젊은 키츠가
병든 가슴을 안고 잠 못 이루며
그 옛날 이국 땅 낯선 밀밭 이랑에서
이삭을 주우며 네 노래를 들었던
모압 여인 룻을 생각하게 한 새

우주는 광활하고 별과 별은
시간의 사슬에 묶여 겁과 찰나
사이를 유영하고 있나니
새여, 그대 환상의 날개로 영원과
순간을 넘나들며 불후의 시성과
뭇 남성의 연인 룻의 후일담을
오늘 밤 내게 전하는 것이냐

　　　　　　　— 「나이팅게일에게」 전문

　일찍이 영국 시인 키츠Keats는 「나이팅게일에 부치는 노래(Ode to a Nightingale)」라는 시편에서 "저 나이팅게일 소리는 룻이 고향 생각에 젖어 이방 땅 옥수수 밭에서 눈물을 흘리며 서 있을 때 들려온 소리"라고 노래한 바 있다. 도한호 시인의 깊고 너른 귀 역시 "적도의 새벽녘 검은 숲속에서/이름 모를 새 한 마리"가 청아한 음성으로 노래하는 것을 듣고 있다. 그 새는 "현란한 곡조와 청아한 음성"으로 젊은 키츠로 하여금 그 옛날 이국 땅 낯선 밀밭 이랑에서 이삭을 주웠던 "모압 여인 룻"을 생각하게 한 바로 그 새이다. 그렇게 광활한 우주와 오랜 시간을 거쳐 시인의 귀에 와 닿은 나이팅게일의 노랫소리는 "영원과/순간을 넘나들며 불후의 시성과/뭇 남성의 연인 룻의 후일담"을 전해준다. 아득한 시공간을 거쳐 새로 만난 새소리가 시인으로 하여금 "사물이 이처럼 제 소리를/분명하게 낼 수 있다면, 나도/내 소리를 낼 때가 된 것 같습니다."(「저녁」)라든지 "마을 앞 느티나무도 고사했다/떠나야 고향이 되는 것을 알았다"(「고향」) 같은 회귀적인 깨달음을 전해준 것이다. 이렇게 시인은 '삶'의 진실과 깨달음의 세계를 아름답게 보여준다.

최근 우리는 초월적이고 영적인 실재보다는 물리적이고 감각적인 표상에 가치를 부여하는 시대를 살아가고 있다. 흔히 디지털 시대라고 명명되는 이러한 기율과 감각은 우리의 육체와 정신 속에 깊숙이 내면화되고 있다. 하지만 이러한 시대는 삶의 오랜 정체성을 파괴하고 동시에

전통적 가치에 대한 혼란을 드러내게 된다. 이때 이러한 가치의 균열을 치유하고 극복하려는 시적 비전vision이 우리에게 필요하게 되는데, 도한호 시편들은 바로 이러한 치유의 비전을 드러내면서 '우주'와 '언어'와 '삶'의 탐색을 통해 "사물의 진상"(「새해」)을 노래하고 있다. 그 점에서 감각적 실재를 넘어서면서 영혼을 충일하게 하려는 그의 시적 욕망은 그의 시편들을 여느 서정시와 분별케 해주는 궁극적 원형이 아닐 수 없다.

　지금까지 읽어왔듯이 도한호 시편들은, 그가 그려낸 사물들처럼, 우리 앞에 펼쳐진 자연 사물의 생태와 외관 속에서 '우주'와 '언어'와 '삶'의 서정적 트라이앵글을 선명하게 탐구하고 그려나갔다고 할 수 있다. 그 점에서 우리는 그가 꿈꾸는 세계의 원초적 생명력을 일관되게 경험할 수 있었다. 상징적 비의秘義를 통한 그만의 구심적 서정을 통해, 우리도 가혹한 견인堅忍과 오랜 기억의 흐름을 아득하게 경험한 것이다. 그러한 독자적인 상상력과 표현력이 앞으로 더욱 심미적 진경을 얻어가기를 충심으로 희망해 본다.

언어유희

초판 1쇄 인쇄일 | 2013년 9월 26일
초판 1쇄 발행일 | 2013년 9월 27일

지은이 | 도한호
펴낸이 | 정진이
편집이사 | 박지연
책임편집 | 이하나
편집/디자인 | 신수빈 윤지영 이가람
마케팅 | 정찬용 권준기
영업관리 | 심소영 김소연 차용원 전소희 김지은
인쇄처 | 월드문화사
펴낸곳 | 새미
　　　　　　　등록일 2005 03 14 제25100-2009-8호
　　　　　　　서울시 강동구 성내동 447-11 현영빌딩 2층
　　　　　　　Tel 442-4623 Fax 442-4625
　　　　　　　www.kookhak.co.kr
　　　　　　　kookhak2001@hanmail.net

ISBN | 978-89-5628-629-7 *03800
가격 | 10,000원

저녁

저녁이 되었습니다.
사방이 고요해졌습니다.

어디선가 뚝, 하며
나뭇잎 떨어지는 소리가
내 가슴에 공명합니다.

그것이 하직하는 소리가
이처럼 단호한지 몰랐습니다.

사물이 이처럼 제 소리를
분명하게 낼 수 있다면, 나도
내 소리를 낼 때가 된 것 같습니다.

저녁이 되었습니다.
사방이 고요해졌습니다.

장마

몇 년 만에 처음으로 주룩주룩 장맛비 내린다.
어린 시절, 장수바우에 큰 비 내려 홍수 나면
아치날이와 방갓에서 내려오는 황토 빛 강물에
방앗고와 함께 황소가 엉엉 울며 떠내려 오고
초가지붕 위에서 돼지가 나팔 불듯 소리 지르고
갑순이네 헛간에는 다섯 발이나 되는 구렁이가 들었다.
거촌 외나무다리도 무섬 쪽으로 떠내려가
사나흘이나 학교를 가지 못했다. 그래도
비 그치니 서운해서 낙영이도 나도 시무룩했다.

태풍

가을바람이 산산하게 부는 날 저녁
여름내 버려두었던 정원을 돌아보니
뜰에 감나무가 큰 가지 하나를
담 넘어 성심당 뜰의 소나무에
턱하니 걸치고 있다

사람이나 짐승이나 나이 들면
공연히 외로움을 타기도 한다지만
내성리 그것이 언감생심
이웃집 젊은 금송에 마른 삭신을
걸쳐놓고 무얼 어쩌겠다는 말인가

남은 하루

산 속 커피숍 여주인이 우산을 들고 밖에 나가 서서 예고 없이 찾아오는 손님들을 맞이한다. 천렵 왔던 어느 화수회 회원들이 아침에 내린 비로 계곡 물이 불어나자 커피숍이 딸린 이층 식당으로 모여들었기 때문이다.

이층 계단 아래에서 네 다리를 죽 뻗고 게으름을 피우던 스피츠 종의 개 한 마리가, 귀찮아 못살겠다는 듯이 몸을 일으켜, 나와 대강 눈을 맞추고는, 내가 앉은 의자 밑으로 다가와 되도록 길게 몸을 눕힌다.

우리의 평온은 이것으로 깨졌으나 친절한 여주인이 더운 커피 한 잔을 더 채워주니 나의 하루 분의 행복은 저녁이 되기도 전에 채워진 샘이다.

나는 이제 남은 하루를 아무 부담 없이 지낼 수 있게 되었다.

휴일

예언자의 기상 시간이 몇 시요?

내 엄숙한 질문에 아내가 대답했다.

몇 시긴, 지금 시간이지.

나는 곧 털고 일어나

상추밭에 물을 뿌려댄다.

생사문제生死問題

해충을 퇴치하는 유익한 곤충들에 대한 다큐멘터리를 보고 정원에 나갔더니 몸빛도 황홀한 무당거미 한 마리가 남경도 잎사귀와 월계관 꽃 줄기를 걸어 멋진 줄을 쳐놓고, 맨드라미 큰 잎 뒤에 몸을 숨기고 있었다.

맨드라미 잎사귀에는 조그맣고 예쁜 이름 모를 나비 한 마리가 앉아 있었다.

하뿔사, 이곳이 바로 생사의 갈림 길이로구나. 나비를 살리려면 거미를 쫓아야 하고 거미를 도우려면 나비를 죽게 내버려둬야 한다.

그러나 나는 이렇게 생각하기로 했다. 내 뜰에는 익충인 거미도 있고, 예쁜 나비도 있으니 이 얼마나 아름다운 조화인가. 생사 문제 결정은 아내의 출근 뒤로 미뤄둔다.